bilhete seco

DADOS INTERNACIONAIS DE CATALOGAÇÃO NA PUBLICAÇÃO (CIP)
(CÂMARA BRASILEIRA DO LIVRO, SP, BRASIL)

Nazarian, Elisa
Bilhete Seco / Elisa Nazarian. - Cotia, SP: Ateliê Editorial, 2011

ISBN 978-85-7480-563-4

1. Contos brasileiros I. Título

11-09156 CDD-869.93

ÍNDICES PARA CATÁLOGO SISTEMÁTICO:
1. Contos: Literatura brasileira 869.93

DIREITOS RESERVADOS À **ATELIÊ EDITORIAL**
ESTRADA DA ALDEIA DE CARAPICUÍBA, 897
06709-300 GRANJA VIANA COTIA SP
T (11) 4612.9666
ATELIE@ATELIE.COM.BR
WWW.ATELIE.COM.BR

PRINTED IN BRAZIL 2011
FOI FEITO DEPÓSITO LEGAL

Bilhete Seco

Elisa Nazarian

Ateliê Editorial

Para você, com quem fui feliz.

Para Eduardo Nazarian, Edu boy

Para: Flávia e Arlindo Stocco, Vera Souto, Ricardo Ariani,
Ricardo Alves Lima, Zuleika Walter, Cida, da Vila,
Suzana Gasparian, Sylvia Caiuby Novaes, Ricardo Schill.

A Pedro Paulo Sena Madureira,

meus agradecimentos por sua preciosa generosidade.

...cantar, nunca foi só de alegria;
em tempo ruim, todo mundo também dá bom dia.

Palavras, Gonzaguinha

SUMÁRIO

ESPÓLIO

Para Lúcia Ravache

Quando meu pai morreu, encontramos entre as suas coisas uma calcinha e um lenço da minha mãe, já falecida. Meu pai era homem de difícil trato. Pelo menos com a família. Com os outros acho que se resolvia melhor.

Foi gerente de uma imensa loja de armarinhos desde sempre. Os patrões gostavam dele, a freguesia era assídua. Discorria sobre linhas e guipures com a mesma desenvoltura com que o irmão falava de gado e de plantações de alfafa.

Em casa, meu pai era taciturno, arredio. Só se abria com a minha mãe. Devia estar cansado de se ver rodeado por tantas mulheres. Entre nós somávamos sete, às vezes oito: as cinco filhas, minha mãe, a empregada e a diarista, que vinha duas vezes por semana. Além disto, tinha a mulherada da loja, à frente e detrás do balcão, e mais as irmãs dele, a sogra, um batalhão.

De vez em quando, meu pai largava tudo e ia passar uns dias com o irmão. Não sei do que conversavam. Não sei nem se conversavam. Voltava do mesmo jeito que tinha saído, trazendo uns peixes de anzol, caladão, procurando a minha mãe.

À sua volta, ela quase não fazia barulho, mas passava um rosa nos lábios, e cortava o cabelo dele. Vez ou outra ela se aconchegava no seu colo, só pra ficar fazendo nada, só ficando. Eu achava engraçada aquela intimidade da minha mãe.

Não sei o que eu pensava daquele meu pai enorme, de andar de gato. Ele sempre parecia estar vindo de muito longe, desconfiado. Mas consertava quase tudo em casa, até minha boneca, na vez em que ela destroncou o braço. Eu gostava de vê-lo debaixo da pia, consertando o cano, ou trocando alguma peça da máquina de lavar. Achava bonito o jeito concentrado dele. Depois, terminado o serviço, ele guardava as ferramentas em uma maleta, e me dava uma piscadela. Era sempre assim. Só isto. Naquela piscadela eu me pendurava a semana toda.

Minha mãe morreu do dia pra noite. Acordou com dor de cabeça, enjôo, tomou um analgésico e foi consertar roupa. Não deu nem tempo pra emergência ou erro médico. Naquela noite, já não era ela pondo a mesa do jantar. Não houve jantar. Ficamos no velório, loucas pra voltar pra casa e encontrar a minha mãe. Passamos dias aturdidas, esperando o barulho da chave na porta, a chegada dela.

Os olhos do meu pai ficaram miudinhos e ele começou a se trancar no quarto, as janelas fechadas. Ficava horas atrás daquela porta. No tempo da minha mãe, os quartos estavam sempre abertos, com luz entrando e tudo mais. Minhas irmãs não se incomodaram, mas eu torcia para que a porta voltasse a se abrir, que ele saísse daquele negrume, e visse que eu já sabia fazer o bolo de laranja. Meu pai adorava o bolo de laranja da minha mãe. Ela sempre punha pra assar um pouco antes de ele chegar, porque ele gostava de bolo quente. Era o primeiro a ser servido. O perfume da laranja ia buscá-lo ainda na rua.

Alguns meses após a morte da minha mãe, à melancolia de meu pai veio se somar certa irritação. Seu andar ficou mais duro. A maleta de ferramentas foi parar no fundo de um armário da garagem, cobrindo-se de poeira. Meu pai sentava-se conosco pra jantar, mas quase não conversava, mal comia. Fazia aquilo por obrigação. Seus gestos ficaram tensos. Colocamos uma foto da minha mãe em cima da lareira, mas ele fez que não viu. Não falava dela, não perguntava. Levou para o quarto a cadeira onde ela se sentava à hora das refeições, e de lá ela nunca mais saiu.

Acabamos nos acostumando com a presença ausente do meu pai. Nos dias em que ele se mostrava mais agressivo, eu não sabia se sentia raiva ou pena. Ele saía pra trabalhar normalmente, mas nunca soube de outra mulher na sua vida, nunca soube que tivesse amigos, deixou de visitar o irmão. Sempre quieto, sempre só. Era como se meu pai quisesse ficar transparente, incorpóreo.

Encontrar as duas peças da minha mãe entre as coisas dele foi um susto bom. Estávamos as cinco tentando manter uma atitude pragmática, desocupando gavetas e armários, enchendo caixas, relembrando coisas, com o olhar voltado para o relógio que nos devolveria ao mundo dos vivos, quando surgiram as peças. A princípio minha irmã ficou com elas na mão, desajeitada, sem saber o que dizer. Fomos percebendo aos poucos. A conversa arrefeceu. De repente, meu pai estava ali de novo, inteirinho, imenso, não mais o homem que se vestia de sombras, mas um brado de ternura pela minha mãe. Passou a ter braços, pernas, olfato, e o seu silêncio pairou suave.

Depois dessa descoberta, um maço de bilhetes entre os dois sustentou nossa orfandade de um modo mais confortável. Lemos uns poucos, com medo de violar acessos não permitidos. Meu pai ali presente nos impedia de qualquer sofreguidão. Ouvi-o acalmando os medos da minha mãe, vi o dia em que conseguiu juntar todo o dinheiro pra comprar o meu piano, vi a alegria dela por poder ir com ele pra praia, comemorar o aniversário de casamento. Ouvi risadas, bobagens, não peguei nenhuma aspereza. Talvez não houvesse registro de asperezas.

Saí de lá segurando o maço, e as peças da minha mãe. Ninguém sabia o que fazer com aquilo. Lembrei mais que nunca da ausência dela, e quis ter meu pai de volta.

O DITO PELO NÃO DITO

“Você se deixa usar!”

Disse isso sem pensar. Disse porque senti culpa ao ver que ela estava com cara de choro. Ela sempre ficava com cara de choro na hora em que eu ia embora. Ou quase sempre. Eu saía disparado porque tinha que voltar pra casa. Era mais do que uma obrigação, era uma necessidade. Amava aquela mulher, mas precisava da minha família pra tentar ordenar a minha inquietude e me manter no prumo. Talvez com ela isso também acontecesse, mas eu não queria arriscar. Com Stela minhas camisas estavam sempre passadas, sem faltar um botão. Nunca dei importância pras camisas passadas, mas de certo modo elas me afirmavam alguma estabilidade.

Quando o compromisso de levar Stela à missa, ou a pressão pra que eu cortasse o cabelo, ficavam pesados demais, eu ia em busca dela. Modo de falar, não era bem assim. Eu ia em busca dela quando o silêncio que eu trazia recolhido começava a cutucar. Quando sentia falta do meu borzeguim cansado, e de alguém que se sentasse no meu colo, me acarinhando.

Na casa dela, eu acendia o charuto na varanda, e ficava calado olhando as árvores e os jacus. Ela dizia que gostava do cheiro do charuto. O barulho que fazia com as panelas me lembrava a minha mãe. E os gestos dela, os vestidos. No dia em que minha mãe morreu, eu estava do outro lado do mundo. Isso foi há muito tempo.

Quando soltei a frase "Você se deixa usar!", nossa história já ia pra lá de quatro anos. Eu saía ao encontro dela sôfrego e desembestado. O poder da carne e do olhar. Voltava rasgado de culpa, uma parte pra cada lado. Sabia que podia contar com ela a qualquer hora; ela sabia que eu nunca estaria disponível, não me telefonava. Mas me deu as chaves da casa, e me recebia com a mesa posta. Na despedida chorava. Nunca me pediu que largasse a família, que fosse morar com ela, mas queria um tempo maior que eu não lhe dava. Tinha que me escorar em alguns limites, pra não me escoar dentro dela. Éramos quase a mesma coisa, figuras do mesmo recorte.

Ela ouviu a frase e não disse nada. Saí ventando. A resposta dela veio em forma de texto, três frases curtas e perplexas. Devolvi calcado na impotência e na raiva. Raiva dela e de mim. Comecei a viajar pra tudo quanto era canto. Soube da sua tristeza, mas não lhe contei da minha. Não sabia o que estava sentindo.

Em alguns momentos era alívio, mas meu coração
ficou enorme e lento, e meus pulmões perderam
a elasticidade, o ar entrando aos pouquinhos.
Saí pro mundo por conta de um estranhamento
das paredes da minha casa.

Disse "Você se deixa usar!" porque ela reclamou
que se sentia usada. Porque naqueles anos todos, eu ia
e vinha de acordo com o meu querer e a concordância
dela. Ninguém enganando ninguém. Mas nossa alegria
era mais do que isso. Nossos encontros eram um embate
de bocas, pernas, e braços, mãos que subiam e desciam
pelo corpo um do outro, eu me encontrando no brilho
dos olhos dela.

Aos poucos, ela foi desacreditando da importância
que tinha pra mim. Era eu quem se atormentava,
quem se dividia, mas era ela quem dormia sozinha
todas as noites, e ficava no aguardo de uma chamada.
Aos poucos, por desconforto, fui deixando de contar
as histórias que eu vivia fora dali.

Atirei aquela frase quase sem olhar pra ela, saquei
aquela adaga sem me dar conta do gesto, alguém falando
pela minha boca, tentando resolver o meu cansaço.
Até hoje resisto à brutalidade do dito, frase solta
ao acaso, na intenção do momento. Nada mais.

Não sou menino, tive meus percalços;
mas sou um homem pragmático, olhava minha vida como uma marcha serena, creditava meus tormentos aos descontroles da alma, crises passageiras. Agora já não sei.

Só sei que depois daquele dia, meu mundo começou a rodar em câmara lenta. Não entendo o que isto quer dizer. Desentendido, espero…

TROCAM-SE PUNHOS

Para Antonia

Edileuza troca punhos e colarinhos, faz barras, e serviços de alfaiate. Atreveu-se em bairro nobre e colocou uma placa enorme, sem graça e sem arte, anunciando seus serviços. Isto foi agora, depois das mudanças da vida.

Conheço pouco a Edileuza mas gosto dela. Tem uma barriguinha incipiente por conta dos quatro filhos, e um cabelo difícil. De resto é quase feliz.

Pôs o marido pra fora por causa da desilusão. Pensava que ele fosse homem sem sorte. Pegava um serviço aqui, outro só dali a três meses. Trazia pouco dinheiro. Edileuza voltava das faxinas e cuidava dos filhos, das contas, da casa, daquele vira-lata esquisito, e de um curió. O marido só olhando.

Edileuza põe capricho em tudo que faz. Não admite desmazelo. Ver o conserto do marido na casa da dona Glória lhe doeu demais. Ver dona Glória, tão educada, pedindo que o marido refizesse tudo, foi igualzinho a ter dormido com um homem e acordado com outro. Começou a estranhar as sobrancelhas dele.

Grudou-lhe no calcanhar, vigiando o serviço,
e apontando cada farelinho de cimento que caía no chão.
Até ver a coisa bem feita. Até o fim.

Depois disso, deu pra cismar desbotado
e olhar pra tudo com jeitão de gasto. Deixou de gostar
da cama, reclamou do chuveiro, não mais cobriu a mesa
com toalhinha de crochê. O arroz pegou no fundo
três vezes.

Com um mês, Edileuza se cansou do desconforto.
Pôs a bolsa debaixo do braço e foi se aconselhar
no balanço do ônibus, sem ir para lugar algum,
só rodando. À noitinha voltou pra casa, decisão tomada.
Deu quinze dias pro marido procurar um teto. Lavou
toda a roupa dele, cerziu o que precisava, separou um
prato, uma caneca e dois talheres.

O marido falou grosso no bafo da pinga.
Edileuza não deu sinal.

Vencido o prazo, o marido sem pouso foi se arranjar
no barracão em que guardava as ferramentas, ali mesmo,
no fundo da área.

Edileuza fêz que não viu, e como era mulher livre,
cortou os cabelos e voltou a passar batom. Foi aí que,
cansada de ter as mãos grossas, largou as faxinas
e foi se arrumar com as costuras.

Pouco sei além disto, e pouco posso opinar.
Já se foram três anos e o marido continua lá no barracão, não entra em casa. Edileuza não o considera, não fala dele com os filhos, mas não lhes impõe distância do pai.

Em acerto feito com Deus, se permite um chopinho gelado e meia carteira de cigarros nos finais de semana no salão de dança.

NEM PAR, NEM ÍMPAR

Pode ser que você tenha ido embora sem nem ao menos se despedir, por medo da solidão que sempre sobrevém aos desenlaces.

Assim, sem um final que a legitime, sua ida não acontece, fica sem tradução, e nossa história resta pairando no espaço indefinidamente.

Só então tiro seu retrato do quarto e ponho na sala, à vista de qualquer um.

"Mas pra onde ele foi?" me perguntam.

"Não sei se foi... Talvez volte", é tudo o que digo.

Mas não volta, porque nunca aqui esteve. Fez igual beija-flor que nunca pousa.

DE SALTOS BAIXOS

Tinha quatorze anos e uma festa pela frente. Isso nos anos 60. Temia festas. Temia os garotos que poderiam vir tirá-la pra dançar. E o olhar das meninas.

A festa era na casa de amigos dos pais, não conhecia ninguém. Sabia que seus braços cresceriam alguns metros e que suas pernas ficariam muito rígidas. Teria que ir de sapatos baixos, porque o pai não lhe liberara os saltos. Seu andar lembraria o pisar de um pequeno paquiderme. Magro.

Olhou-se no espelho e viu que um cacho escapara ao serviço do cabeleireiro. Tentou resolver isso. Sabia que naqueles quatorze anos era preciso ter cabelos lisos e quadris estreitos.

Olhou seu quadril, comprimido numa cinta elástica de qualidade. Diminuíra alguns centímetros, achatara um pouco o arrebitado. Olhou seus seios pequenos, enfiados num sutiã com enchimento. Estavam corretos. Pôs rímel e batom clarinho. Vestiu as meias e as prendeu nas ligas. Tentava não ver o vestido que aguardava em cima da cama. De veludo cotelê. Laranja. Ou talvez fosse coral. Passara a odiar veludo cotelê e qualquer tom alaranjado. O vestido repousava em tom de desafio. Fora comprado pela mãe sob seus protestos.

Uma festa em casa de amigos dos pais, de saltos baixos, cabelos rebeldes, e um vestido de veludo cotelê laranja. Antes a morte!

Começou a sentir o suor lhe escorrendo pelos braços.

A mãe veio chamá-la, já era hora de ir. Olhou o livro na poltrona e quis entrar dentro dele. *Jane Eyre*, talvez. Ou *O Morro dos Ventos Uivantes*. Sentiu certo conforto em ter o livro à espera.

Foi ao encontro da mãe, sentindo o movimento da saia contra suas coxas. Um pequeno paquiderme.

Entrou no carro debaixo dos elogios dos pais. Sentiu que as lágrimas lhe espreitavam os olhos. Não pertencia a coisa alguma, não se coadunava.

Ao chegar à festa, a casa já estava cheia. Viu os garotos de terno e as meninas com saias justas, decotes, pérolas e saltos bem altos. Andar de melodia. Cabelos de princesa. Baixou os olhos para que não a vissem. Cruzou e descruzou os braços.

Apresentaram-na à aniversariante, ao irmão da aniversariante, e a uma vizinha magrela e sardenta bastante simpática. Achou o irmão bonito, conversou com a vizinha. Seu vestido ficava cada vez mais laranja.

Com pouco tempo a festa foi se animando e alguns casais começaram a dançar. Aumentou seu desconforto. Não queria que a tirassem pra dançar, não queria correr o risco de que não a tirassem. Foi até o banheiro, com a consciência da cinta elástica lhe atrapalhando o ritmo.

O banheiro estava cheio de meninas de respirar ofegante e olhar seguro. Mirou-se no espelho. O vestido laranja reluzia. Fingiu retocar os lábios, arrumar as meias. Começou a se tornar impossível voltar para a festa. A menina magrela veio procurá-la. Fingiu ter torcido o pé. A magrela ficou penalizada com sua falta de sorte. Logo naquela festa!

Saiu do banheiro mancando ostensivamente, achando bem apropriado aquele andar manquitola com seu vestido laranja e os sapatos rasos. Deixou de se preocupar com os garotos e a desenvoltura das meninas. A torcida do pé lhe garantiria a noite.

A PAIXÃO DE IVO

Morando há quarenta anos no Brasil, Ivo ainda tinha problemas na pronúncia dos erres e dos sons anasalados, o que não comprometia sua eloqüência nos discursos em mesas de bar. Grande personagem o Ivo! Setenta e oito anos, alto, bom físico, nariz aquilino, bastante cabelo, um pouco surdo é verdade, mas ágil e enérgico, sobrancelhas cerradas.

Pois Ivo agora começava a murchar. Lentamente, mas murchava.

E aconteceu de se descobrir apaixonado pela caixa do supermercado. A mais magrinha e invisível, Ana, o que era bastante estranho, já que passara a vida atraindo todas as mulheres, mesmo as que nem notava.

Em desacerto com a idade, cabeça desmembrada do corpo, Ivo se encantou no jeito com que Ana dizia: "Volte sempre", ao final de suas compras. Tomou isso no particular, na intimidade. Mesmo que ela o repetisse a quem quer que fosse, com ele era diferente, quase um sussurro.

Estava cansado de morar na mesma casa, na mesma cidade, cansado dos amigos cada vez mais jovens, cansado de tantas noites de insônia. E apareceu Ana dizendo: "Volte sempre."

Ivo começou a ter urgências de um litro de leite, meio quilo de carne, uma pasta de dentes, pão de forma. Começou a gostar do brilho da luz fluorescente e a levar notas graúdas para compras ínfimas.

No "Volte sempre" de Ana, descobriu dois dentes encavalados e um par de brincos quase de pérolas.

Não houve nem como desentender essa paixão. Os dentes encavalados de Ana se revelaram acima da maior competência, e o olhar de Ivo começou a escorregar para o gesto de seus dedos na contagem do troco. Unhas curtas e sem brilho.

Ele se casara umas poucas vezes ao longo dos anos, e se separara umas outras tantas com maior veemência, deixando vários corações ensombreados e sem filhos. Como editor de livros de arte, era reconhecidamente o melhor. Punha grande paixão em tudo que fazia e seus livros, embora caros, eram bastante disputados. Quase tudo em que trabalhara dera bom retorno. Não tinha problemas econômicos.

Ana pouco notara Ivo. Confundia-o com outros clientes, de outras idades e outros tamanhos.

Na quarta-feira ele percebeu que ela estava nervosa, porque dobrou as notas ao lhe dar o troco. Na quinta veio com uma fivelinha no cabelo, que não lhe ficava nada bem.

Ivo gostava da falta de graça explícita de Ana.

Fora a paixão que lhe acometera, sua vida seguia quase igual. Ainda dirigia de maneira ensandecida, e continuava se limitando a usar calças jeans e camisetas brancas.

Na quarta-feira em que dobrou as notas, Ana esqueceu o guarda-chuva no trabalho, e teve que esperar pelo ônibus debaixo de chuva forte. Ivo jantava na casa de um amigo.

No sábado, Ivo foi para a cama com Arlete e dormiu com Ana. Projetou na primeira o rosto da segunda e imaginou o resto. Ana, em sua casa de três cômodos, terminava a faxina e se preparava pra dormir. Sozinha.

Talvez tudo tivesse permanecido indefinidamente deste jeito, não fosse o tédio ter acometido Ivo na manhã do dia seguinte, pleno domingo, levando-o a sair da cama bem cedo. Sentiu desejo de comer pão de queijo.

Sem se preocupar nem um pouco com a aparência, enfiou os pés nuns chinelos gastos, passou os dedos pelo cabelo, e partiu rumo ao supermercado. As portas acabavam de ser abertas.

A poucos metros, Ivo presenciou a chegada de Ana um tanto esbaforida. Vestia uma saia sem jeito e uma blusa laranja. Nada demais. Mas foram seus pés que deixaram Ivo aturdido. Ele nunca parara pra pensar nos pés de Ana, e agora eles estavam ali, os dois, bem na sua frente, numas sandálias de dedo amarelo-gema. E Ivo viu claramente que o segundo dedo, o que correspondia ao indicador, era bem mais comprido do que o primeiro, o correspondente ao polegar.

Ivo perdeu seus olhos nos pés de Ana. Desmembrou-os do resto do corpo e ficou ali na calçada, tentando lhes dar novo feitio. Um segundo dedo maior do que o primeiro seria um obstáculo intransponível.

Ana, de jaleco azul, há muito assumira suas funções. No seu caixa registrava um lote de cervejas.

Bilhete seco

Me ponho formosa e vou me encontrar com você. Tomo um banho lento e perfumado, ondulo os cabelos e calço as sandálias vermelhas, de salto bem alto. Já engordei um pouquinho. Vou balançando os quadris, confiante no andar, pra que você me deseje. Os seios vão livres por debaixo da blusa. Passo creme nas mãos pra que fiquem macias, deslizem no afago. Você vai me achar bonita. Quero mais do que isso. Vou fêmea e suave. Levo a arrogância dos meus partos, e de todas as vezes em que preguei botões e areei panelas. Vou dançar com você, meu corpo grudado no seu, como se nunca de lá tivesse saído. No meu colo, violetas que eu mesma plantei e, dos meus lábios, carinho em dialetos que ninguém conhece.

Você vai me perguntar onde foi que eu estive, por que me atrasei tanto. Não lhe darei resposta.

Contarei dos livros que me acompanharam, das formigas que atacaram os meus hibiscos.

Você não vai poder errar o passo, porque terá medo que eu perceba todas as mulheres com quem se deitou, e a quantidade de vezes em que foi feliz. Sem mim.

Você nunca terá dançado tão bem.

AS COISAS ACONTECEM

Então, começou a só sair com mulheres
que tivessem posto botox ou feito plástica.
Não necessariamente jovens ou bonitas, mas sem traços
de expressão ou da passagem do tempo. Raspou a barba
de vida inteira, que embranquecia mais rápida do que
os cabelos. Continuou a se referir aos filhos como
crianças, embora os três já fossem um tanto adultos,
e passou a trocar de carro com mais freqüência, sempre
pela mesma marca, a mesma cor e, se possível, o mesmo
modelo. Mandou sacrificar o cachorro, antes que ficasse
pra lá de velho, e decidiu que, todos os anos, seu bolo
de aniversário traria o mesmo número de velas.
Não envelheceria mais.

À sua volta, alguns indícios eram inevitáveis:
o pai de andar cada vez mais trôpego, a mãe, que já
não acertava o ponto do suspiro.

Seu irmão veio lhe contar que ia ser avô. Não soube
como reagir a isso. Seu filho caçula lhe participou que
abandonaria o remo. Também não soube reagir a isso.

Passou a correr menos riscos. Largou as partidas
de tênis e deixou de jogar futebol com os amigos.

E por se decidir por esta quase imortalidade, apegou-se com mais empenho aos seus encontros com a banda. Há quase vinte anos eles pontuavam sua vida, mas agora eram a garantia do imutável e do perene. Sempre os mesmos nove, com os mesmos instrumentos, os mesmos erros, e os mesmos atrasos. Compartilhavam quase nada de fracassos e alegrias, e nunca se encontravam fora dali. Mal citavam maridos e esposas, raramente algum filho escorregava para dentro da conversa. Era a banda das quartas-feiras, que dava alento à semana.

Foi com o mais jovem deles que a coisa desandou. O que tocava rabeca. Ninguém mais sabia tocar rabeca.

Deu-se que o mais jovem começou a se mostrar inquieto e a questionar a vida. Nada de muito explícito. Alguns desacertos aqui, um pouco de angústia no olhar. E em certa noite, depois de terem tocado muito bem e exaustivamente, anunciou que ia sair da cidade, mudar de vida, morar no mato. Não mais uma rabeca na banda.

Na mesma hora, o que tirara a barba largou o copo de cerveja e sentiu um impulso de ligar pra casa. Ninguém respondeu. As reações dos outros sete foram desencontradas. Um tom jocoso em um, surpresa na outra, um pouco de inveja e de estímulo. Ninguém falou em substituir a rabeca.

Naquela noite, o que tirara a barba estranhou o colchão, que não tinha nada de novo, e teve dificuldades para dormir. Deixou de visitar os pais por uma semana. No quarto dia torceu o joelho e teve a perna semi-imobilizada. Sua filha, com certa hesitação, veio lhe avisar que ia morar com uma amiga. Sem qualquer comentário, ele preparou uma caipirinha de pinga e brindou com ela sem dizer a quê.

Depois da melhora do joelho, foi a uma noite de dança. Casa cheia, gente quase feliz. Encostou-se a um canto sem pensar em coisa alguma, e teve a impressão de sentir a mulher que mais amara, ali, seguindo outros passos, quase com a mesma entrega de quando dançavam juntos. Evitou a certeza de que fosse realmente ela, mas a mulher já mergulhara em seus olhos, vestida com uma cor que jamais usara, os cabelos anelados na altura dos ombros. Nem mais jovem, nem mais velha, apenas uma possibilidade.

Trancou o coração dentro do peito e saiu sem falar com ninguém.

Já na rua, sem perceber, tirou os óculos. Por alguns segundos se esqueceu de onde morava.

Dia de bruxa

Ontem Nestor não me amava. Pendurou seu amor num varal e veio porque veio, me beijou porque sim. Tentei chegar até a sua tristeza, mas ele cruzou as pernas e pretendeu que fosse gripe. Olhou além de mim, aquém de mim, sem rumo.

Enrolei a saudade numa trouxa frouxa e fiquei esperando que ele se esvaísse.

Viramos dois, um homem e uma mulher. Li um conto pra ele num tom grave, tentando manter o timbre, mas só ouvi a minha própria voz, nenhuma palavra.

Nestor andou pela casa com as leves passadas da ausência, o peso de sua agonia um fantasma inerte e insistente. Reclamou de algum barulho, bebeu a cachaça sozinho sem me estender o copo.

Nos dias em que Nestor não me ama, ele se alonga na rede e se sente sufocado; não enfia as mãos sob o meu vestido e nosso sexo se torna um prazer adulto, sem festa e sem brilho; meu peixe desanda, o caqui perde o doce.

Nos dias em que Nestor não me ama, me vem a consciência da perda, ele sendo levado por um cão raivoso, pela bruxa má, por algum vendaval de desenho animado.

Deus abençoe

Da cozinha ela tinha uma ampla visão da rua.
Ainda estava de roupão e descalça, recém saída da cama.
Pôs a água pro café. Não fora uma boa noite de sono.
Há tempos não era. Mas se sentia reconfortada
por acordar naquela casa, no meio do bosque,
com uma luz dourada entrando por todas as frestas.
Passou distraída a mão pelos cabelos. Mordiscou um
chocolate. A amiga dizia que aquilo não era um bosque,
mas um capoeirão. Ela olhava e via um bosque.
Plantara manacás pra lhe dar mais cor.

Cobriu umas fatias de pão com queijo e levou
ao forninho. Coou o café.

Trabalhara puxado no dia anterior, pegara
a estrada tarde da noite, ao chegar mal viu os cachorros.
Estava muito cansada. Agora pela manhã sentia prazer
em ter a casa quieta, só pra ela. Não que não quisesse
receber os filhos, os amigos, mas aquele silêncio
a deixava sem exigências, e isso era bom.

Olhou o jipe que passava e se lembrou que
estava de roupão. Conhecia o dono do jipe. Tinham
conversado algumas vezes, ao comprar adubo, ração

pras galinhas, mudas de primavera. Morava perto. O jipe parou logo adiante. Ela colocou atenção no trabalho do motor. Começou a comer o sanduíche, deu uns goles no café. Do nada, se lembrou do porco que vira morto no córrego da cidade, inchado, verde, entalado em meio a garrafas de plástico e uns restos de colchão. Ouviu a marcha-a-ré.

Pôs o gato pra fora. Viu que o cachorro mais novo tinha voltado a roer o capacho.

O jipe parou na direção da janela da cozinha. Motor funcionando.

Recolheu a louça da pia e não olhou pra fora. Encheu a esponja de sabão e lavou o prato e a caneca. O motor continuava ligado, mas não ouviu barulho de porta. Não levantou a cabeça. Só ouvindo. Viu os cães em estado de alerta. Pensou que aquele não seria um bom dia pra receber visitas. Queria tratar dos cabelos e podar as plantas.

O motor acusou o engate da primeira e o jipe seguiu seu trajeto. Colocou a louça no escorredor. Desejou chuva.

O PERU DE NATAL

Tirou o peru da geladeira e começou a prepará-lo para o forno.

Pusera-o no tempero na véspera, ignorando o aviso da embalagem que o anunciava temperado. Picara alho e cebola miudinhos, juntara pimenta do reino, pimenta da Jamaica, louro, alecrim, bastante cheiro-verde, e despejara tudo em um copo de vinho branco, com uma pitada de açúcar, regando a ave.

Agora era a hora do forno.

Preparou a farofa bem molhadinha, e se dispunha a rechear o peru quando o cachorro latiu anunciando a chegada da filha, que trazia um pacote com fita vermelha. Ficou feliz porque a filha chegara cedo. Queria que desfrutassem a intimidade de arrumar a mesa, sentir os primeiros perfumes do assado, escolher a toalha pro lavabo. Depois, seriam umas vinte pessoas.

A filha propôs que parasse o que estava fazendo e abrisse o presente. Abriu. Gostou do vestido. A filha temeu que ficasse grande e pediu que o experimentasse. Subiram pro quarto, em conversa animada, desviando-se do gato que descia vagaroso.

O vestido era um número acima do seu. Guardou-o na caixa, disposta a trocá-lo no dia seguinte, e desceram novamente pra cozinha. O forno já estava aceso.

Demorou alguns segundos para que ouvisse o barulhinho de osso sendo ruído. E outro tanto para realizar, que a poça que tinha a seus pés, era o tempero que embebera o peru. Não acreditou ao avistar a assadeira, quase na porta do quintal, e a ave sendo animadamente degustada pelo cão e pelo gato, que nem registraram a sua chegada.

Foi só um grito, e um bicho pra cada lado, em disparada.

Vinte e cinco de dezembro. Uma da tarde.

Não foi preciso muito pra que ela se decidisse. Pegou o peru do chão e avaliou o estrago. Uma asa a menos. No resto era melhor não pensar. Colocou a ave debaixo da torneira e a lavou com vontade, por dentro e por fora. Muita água. Preparou novo tempero, agora sem grande convicção, arrumou outra assadeira, recheou o peru e cobriu seu peito com fatias fininhas de bacon. Regou-o com parte do tempero, espalhou bocadinhos de manteiga nas coxas e lacrou tudo com papel de alumínio.

O restante do almoço foi arroz com amêndoas, macarrão com funghi, cuscus de camarão, salada farta e doces, muitos doces. Dentre eles, um tradicional sorvete de creme com molho quente de chocolate, encorpado, quase um brigadeiro.

Em meio a tudo, o peru fez grande sucesso. Foi à mesa manco de uma asa, mas dourado e tão cercado por fios de ovos, cerejas e castanhas, que ninguém deu pela falta.

Gato e cachorro não se falaram por uns dias.

Depois de Charles Parker

Para Chico Medeiros

Levou o filho até a estrada pra que ele pegasse o ônibus de volta. Não queria que ele se fosse. Preferia que ficasse mais um pouco, pra poderem comer pipoca e ouvir Nina Simone. Ou então, só pra que ele pudesse tomar um pouco mais de sol, comer a comida dela. Ele tinha urgência. Queria voltar. Queria ter certeza de que em sua casa tudo continuava espalhado pelos mesmos lugares.

Depois que ele se foi, ela caminhou mais um pouco e foi comprar uns pés de manacá-da-serra. Pra colorir o jardim. Lembrou-se do teatro com a filha e dos pontos na testa do filho mais velho. Há muito tempo. Viu-se dançando com os três, ainda pequenos, em torno da mesinha da sala.

Ao entrar em casa, não foi pra cozinha. "Cozinha é coisa de afeto", dizia. Com a casa vazia não tinha a quem acarinhar. Mudou as violetas pra um vaso maior, deu um trato nas orquídeas. O outro insistia em lhe vir à cabeça. Todos os dias, como se não tivesse morrido. Ou como um falecido que não quer se deitar.

Comeu uma barra de chocolate, pregou o botão no casaco vermelho. O filho mais novo que estava se tornando músico...

A amiga ligou cobrando a revisão. Já tinha feito aquela revisão três vezes. A cada uma, a amiga resolvia refazer o texto. Ligou pro dentista marcando hora. A terra estava seca, há muito não chovia, era época de vento. Odiava vento. Começou a arrancar o mato, a podar algumas plantas. Criar filhos sozinha é difícil. Aconchega de um lado, empurra do outro. Manda encontrar o boi-da-cara-preta e fecha os olhos pra não sofrer demais.

As calças ainda estavam frouxas. O corpo pedia mão de homem.

Espremeu um berne no vira-lata e encontrou um gambá, morto pelos cachorros durante a madrugada.

Passou creme nas mãos e pôs Charlie Parker pra tocar. O piercing na sobrancelha do filho, a viagem de navio até Buenos Aires, o doce amigo, com quem flertava por e-mail. Tricotou o cachecol que ia dar no Natal, ainda sem saber pra quem. O peru de Natal, o manjar branco, os bolos de aniversário.

Seus cabelos estavam mais escuros. Conselho da filha. Durante o dia, fazia muito calor. Os livros

em torno que lhe traziam segurança,
os tijolos antigos que transmitiam solidez.
O avô, os passeios a cavalo, o peito cimentado
de uma dor mal resolvida.

Deitou-se na rede e ficou ouvindo o canto
das cigarras. Implicava com a formiga, a da fábula.
Não há certeza na vinda do inverno.

A casa pontuada de iscas de afeto, todos
os gestos. O vozerio dos pedreiros numa construção
ao longe, um galho seco que despencou. A necessidade
de ganhar dinheiro, quando o que queria era vestir
o avental, subir morros ao pôr-do-sol. Ouviu, pela
primeira vez, o canto do jacu, um frangão preto,
nem pombo, nem urubu, uma mistura. O primeiro
parto, a primeira neve, a primeira noite sob o edredon
de plumas. O primeiro filho, a primeira morte,
a primeira dor.

Encheu a banheira e tomou um demorado banho
quente, cheio de espuma. Vestiu roupas confortáveis,
acendeu a lareira e não teve pressa em atender o telefone.
Quase lacônica.

Deu comida pros cachorros, foi até o quarto,
acendeu o abajur e começou a tomar os comprimidos.
Um de cada vez, sem desespero.

FIM DE FESTA

Cruzou os braços à frente do peito e disse: "Não quero mais!"

Comemorava o aniversário dos quatro filhos. Passara dias preparando as lembrancinhas, e outras tantas horas fazendo bolos, doces e salgados.

Agora, em meio às crianças e alguns adultos, seu marido vagava pela casa procurando qualquer bebida alcóolica. E reclamava alto. Um dia antes ela jogara fora tudo o que havia. Não queria correr o risco de ver a festa entristecida.

No começo ninguém percebeu o desassossego dele, só ela. E uma massa informe foi se instalando dentro do seu peito, engolindo um a um os seus sorrisos. Em instantes, os sons que iluminavam a casa se transformaram num burburinho abafado.

Esboçou uma tentativa de não ouvir o que era dito, de não saber o que já sabia. A festa foi ficando cada vez mais distante e o marido inquieto cada vez maior. Por onde ele passava, tecia-se um rastro de silêncio e desconforto. Por onde ele passava, ela o seguia, pendurando novos balões de gás, cada vez mais coloridos.

Na hora de assoprar as velas, ele já fora para a rua, batendo a porta.

Ela trouxe os quatro bolos à sala, ajudada pelas amigas, e tentou se concentrar na figura do Homem Aranha, que armava sua teia no bolo do filho mais velho. O Parabéns foi cantado por um coral portentoso e solidário.

Uma semana antes, o marido implicara com a mesa, muito pequena pra sala. Tinham se mudado há pouco. Resolveu comprar algo com mais presença, pinho-de-riga. E, na ansiedade de uma compra imprópria e temerária, comprometeu as contas do mês e o sonho de restar tranqüilo. A compra não satisfez nem seu querer.

Agora, na hora do Parabéns em torno da mesa enorme, andava pelas ruas em busca do primeiro trago. E do segundo. E do centésimo. A cada quarto de hora, telefonava pra casa e destruía um bocadinho da festa.

As crianças não deram pela sua falta e foram dormir felizes, os pratos de brigadeiros vazios, os presentes empilhados ao pé das camas. Ela se pôs a arrumar a casa sem pressa e sem voz, olhos vazios. Levou um bom tempo.

Ele voltou em meio à manhã do dia seguinte, desentendido de data e de cantigas, um rosto que não era o seu. Ela cruzou os braços à frente do peito.

AOS ACORDES DO HINO

Passeava de bicicleta durante os jogos do Brasil. A cidade vazia, muda, e ela pedalando sem rumo, dona de ruas fantasmas.

Seus colegas de trabalho ficavam indignados com tanta displicência. Reuniam-se todos no último andar, mais de cem amontoados no anfiteatro, os olhos devorando a tela.

Ela intuía a emoção do jogo. Era só isso que lhe interessava, a emoção. Ouvia os gritos, os lamentos, os fogos, os gemidos, e se acalentava com os dedos no comando do guidão.

Há muito não sabia os nomes dos jogadores, a ordem dos adversários; talvez se lembrasse do nome do técnico. Pensava se isso significaria que estava envelhecendo. Duas ou três Copas pedalando sem se preocupar com o destino da bola, e os amigos se enfartando de tanto torcer.

Os acordes do hino levavam-na às lágrimas. Sentia-se no dever de ficar perfilada, e acabava cantando junto, fervorosamente, mas era só.

Lembrava-se da Copa de 58, ouvida pelo rádio

da fazenda, ainda menina, em meio aos primos,
aos colonos, e aos mugidos das vacas. Naquela época
o Brasil era imenso e ela acabara de aprender a galopar.
Cavalo velho, o Sheik.

Agora o Brasil continuava imenso e ela tinha esse homem que chegava no silêncio e entrava em sua cama, seus afagos, sua boca, e a contemplava bela tantas e tantas vezes, que ela o continha em seus sonhos até uma próxima vez.

Pedalava seu destino sem pressa, confundindo lembranças, evitando dúvidas. Ao final do jogo, pouco lhe importava se era fecho de vitória ou de derrota; voltava ao trabalho mais mansa.

As Copas do Mundo vinham dividir, feito colar de miçangas, as dores e os louvores de sua vida.

TROPEÇO

Naquele dia ele mentiu para mim. Não gaguejou, nem teve gestos bruscos ou vagos, só mentiu. Não me dei ao trabalho de fingir que acreditava. Saí da sala. Quieta. Com a cabeça erguida e passos preguiçosos, para que ele percebesse a minha indiferença. Não sou mãe deste homem, nem esposa combalida; a mentira não se justifica. É o homem com quem me divirto e para quem me encho de sol todas as manhãs. Mentira pouca, mentira boba, vício de homem.

Vesti minha roupa mais caseira, mais sem brilho, e fui catar os galhos que a tempestade derrubara na noite anterior. Um calor horroroso, os cachorros precisando de banho, e aquele homem sem saber o que fazer com uma mentira que não me pertencia. E por não ter onde colocá-la, ela foi se avolumando de maneira indevida, e se esgueirou por nichos e fendas, reclamando consistência.

Fiz que não vi. Fui partindo os galhos para que coubessem nos sacos de lixo, e, quando terminei, a mentira já se insinuara até no meu bule de café. Meu homem, com o andar coxo e certo desvario, reclamava de um livro que ainda não lera, apontando falhas que o livro não tinha.

Tratei de cuidar do jantar e de acender a lareira para que ele se acalentasse. Talvez recolhesse a mentira aos pouquinhos, como linha de carretilha; talvez a soltasse de vez, balão escapando de mão de criança.

Sexta-feira

Então ele telefonou e disse que viria. Como se tivessem se visto ontem. Que viria. Queria conhecer a casa. Falava numa quase intimidade, como se estivesse conversando com a cunhada ou com a mãe de algum amigo do filho. Só a voz descompassava. Uma oitava acima. Uma oitava acima de equilíbrio e sensatez.

A respiração dela continuou vazia e os olhos secos.

Não temperou o frango.

Cisma de passarinho

Para o meu avô

Um sabiá cutucou minha janela às sete da manhã na maior delicadeza, como se estivesse consertando uma joia. Levei alguns segundos para entender o que era aquilo. Moro sozinha no meio do mato. Consertando o quê? Barulhando quem? Um sabiá! Só podia ser um sabiá! Já houve época em que acreditava que o sabiá era meu avô reencarnado. Logo eu, que não sou dessas coisas. Não acho mais. Bichinho enxerido!

Espantei o abusado e voltei para as cobertas. Passada meia hora lá estava ele de novo, tentando beliscar a vidraça. Afugentei-o ainda sonolenta e comecei o meu dia. Um passarinho pedindo licença para entrar na minha casa... Uma cisma rondando a minha manhã...

Lá pelas tantas, finalzinho da tarde, eu na cozinha batendo um bolo, e um impacto contra a vidraça. A mesma vidraça. Um susto e um sabiá dentro de casa.

Abri todas as portas e janelas, tentei guiá-lo para fora, mas ele não se acertava, só acertava o vidro. Uma tarde doce de inverno e um sabiá angustiado.

A casa foi ficando fria, o bolo perfumando a sala, e o passarinho: "Xô passarinho!"

No começo da noite resolvi fechar a casa. Sabiá empoleirado numa das vigas, junto ao teto. Já se arremetera diversas vezes contra o vidro, sempre o mesmo vidro. Se tivesse tentado alguns centímetros abaixo, a essa hora já estaria livre. Que azar o dele!

Foi então que convoquei Beethoven, uma sinfonia com solo de violino. Talvez acalmasse o sabiá. A música foi se achegando mansa e leve até as vigas. O passarinho tomou posição, ergueu a cabeça, estufou o peito e ficou imóvel até o final da sinfonia. E até depois, até o dia seguinte. Fiquei num ir e vir pela sala até de madrugada, e ele quieto.

Só voltei a saber dele lá pelas nove, já dia claro. Estava pousado em uma pilha de livros. Abri a porta da varanda e fui fazer café. Quando voltei com a xícara na mão, foi um voo só, sem erro. Saiu pela porta da varanda firme e soberano, como se nunca tivesse havido qualquer dúvida.

Passados alguns dias, lá estava de novo o sabiá beliscando a vidraça. "Xô sabiá!"

Voo cego

Ele foi encontrado boiando, quase nu, com a perna quebrada. Foi o que me disseram. Mais, eu não quis saber. Era pra ser uma viagem curta, um vai e vem. Ajudei a arrumar a mala. Enfiei o que ele chamava de meu kit-viagem, um envelope que eu preparava só com textos curiosos, pra que ele não se sentisse sozinho em terra estranha. Coloquei a gravata enjoada e o pulôver cinza que dei de aniversário. "Vai estar calor, não precisa." "É pra volta, você vai chegar de madrugada." Era pra ser um vai e vem. Só um vai e vem. Pedi que me trouxesse o livro do escritor marroquino e um frasco de Jicky. Não fui até o aeroporto, não percebi se ele estava com o ar cansado. Há muito que viajar não era uma novidade; ele mais ia do que vinha. Pelo menos era assim que me parecia.

Então, depois do acidente, senti de fato o que era a ausência dele, e tive saudades de mim. Perdi a vontade de arrumar a cozinha, de guardar os copos, de ficar trabalhando em frente ao computador.

Não tinha dito a ele da angústia tamanha que andava carregando, nem que iria fazer grão-de-bico

quando ele voltasse; não perguntei se deveria
cortar o cabelo, não disse que estava me sentindo
feia. Reclamei da cama vazia no inverno,
de ter que acender a lareira sozinha, do tempo
que ele não me dava.

Era pra ser só um vai e vem. Virou uma ida
pra lugar nenhum, um intervalo suspenso, eu vagando
no espaço, sem lágrimas, só estupor.

Quando ele foi para o aeroporto, não me olhou
uma última vez antes de entrar no carro. Virou as costas
e já estava indo, a cabeça nos relatórios.

No dia anterior, nem ao menos jantamos,
não abrimos um vinho. Fizemos um sanduíche à beira
do fogão, ele me pediu que remarcasse o dentista,
o termômetro marcava 8°, lua nova. Eu andava muito
quieta, em discussão com os meus demônios.
Ele me parecia abstrato.

Era pra ser só um vai e vem. Coisa rápida.

Não contei a ele da minha angústia tamanha,
porque aquilo era uma pedra sem nome nem começo,
com as asas abertas dentro do meu peito. Ele não
acusou meu desconforto. Andava se questionando,
querendo reduzir a vida, os excessos, coisa de casinha
à beira do riacho. Precisava reavaliar as cicatrizes,

os filhos adultos, as escolhas. Cada um de nós recolhido em seu canto, às voltas com essa solidão inflexível.

Mas quando ele voltasse, eu cozinharia grão-de-bico, e ele deitaria a cabeça no meu colo, e me falaria sobre o seu cansaço. Era pra ser só um vai e vem. Fomos roubados da ida e da volta.

Eu lhe mostraria o que andava escrevendo, ele veria meu cabelo um pouquinho mais curto. Sairíamos pra jantar no café da esquina, tomaríamos um vinho, dormiríamos em cama quente. Ele continuaria amortecendo suas dúvidas, eu na esgrima dos meus medos, mas retomaríamos o solo de violoncelo que dava alegria à vida.

Nem os cachorros perceberam o que estava por vir. Nenhum ficou de prontidão olhando a porta, ou gemendo com a cabeça entre as patas. As roupas dele continuaram no cesto pra lavar, a escova à beira da pia e ele morto, boiando com a perna quebrada, os relatórios no fundo do mar, os óculos sem um arranhão. Nem ao menos teve tempo pra avisar que não voltaria, que a partir de então a lareira ficaria mesmo por minha conta.

NA PELE DE DEUS

Remexeu a caixa de cartas e, a alguns passos do chão, viu-se na pele de Deus.

Lia as frases de um presente que já não era, e tinha pleno conhecimento do que viria depois. Sabia que amores se dissolveriam, que fracassos se tornariam banais.

...Os médicos acham que ele não precisa saber, dizia a carta, que não há nada a ser feito, que é só esperar...

E ele não soube, e eles esperaram e nada aconteceu. Como um milagre.

Sobressaltou-se com aquela dualidade. Lia coisas acontecidas há mais de trinta anos, e a fala de cada um aparecia revestida de brilho e cores, como coisa nova.

...Princesa, ando fotografando adoidado. Na semana passada me chamaram para fazer a capa de um livro. Acho que isto vai me abrir boas perspectivas...

Não abriu. Ele nunca se tornou fotógrafo e se esqueceu completamente de que a chamava de princesa.

Sentiu vontade de se alçar um pouco mais e ver o que ainda havia de lhe acontecer.

“Toda vida no final é um fracasso”, alguém disse.

Não sabia se sua vida teria sido um fracasso,
mas a insatisfação era relva que lhe forrava o percurso.

Passou pelas amigas em amor de vida inteira,
e a vida de nenhuma delas comportara aquele amor
até o fim.

*...Ele é o homem que eu amo. Com ele não corro
o risco de repetir a vida da minha mãe...*

Amou aquele homem profundamente e depois
se casou mais duas vezes. No segundo casamento
teve um filho com problemas. Preparou enxoval
para as filhas, e não se deu nada bem com o genro
filósofo. Ficou muito parecida com a mãe.

Lia as cartas com certo respeito, quase como
coisa proibida. A vida dos outros, o destino de cada
um ali, esparramado.

Reviu a si mesma. Já fora moça, já tivera certezas
e um futuro. Agora sozinha, passava os dias esperando
que o silêncio lhe indicasse um caminho.

*...Não deu nada certo. Não consegui o emprego
e vou ter que continuar mais um tempo na casa dos meus
pais. Estou começando a ficar preocupado...*

Ficou mais três anos na casa dos pais, só estudando.
Depois largou tudo, foi morar na praia, casou-se com

uma caiçara e por um tempo dedicou-se à criação de rãs. Dizia que o cheiro era quase insuportável. Nunca mais soube dele.

Olhou os envelopes, os selos, as dobras das folhas, a letra de cada um. A vida de todos ali, pulsando em cima da mesa. Teve vontade de falar com os mortos em busca de algum entendimento.

Pensou nos filhos e nas cartas que eles teriam escrito antes dos primeiros desacertos. E no depois. Houve um tempo em que tentara barganhar pela alegria deles, acerto com Deus. Reclamou esse direito; não conseguiu qualquer garantia.

"Para se ter uma vida plena é preciso amar a incerteza", foi o que ouviu. Sua vida fora um suceder de incertezas, perdas e recomeços. Não aprendera a gostar disso.

...Você foi a coisa mais maravilhosa que já me aconteceu, mas eu não poderia ficar. Tenho que tentar carreira por aqui, onde os artistas são mais reconhecidos. Não pretendo me casar mais...

Voltou depois de três meses e se casou com ela. Ficaram juntos por dez anos. Foi a única mulher que cozinhou para ele e lhe deu filhos homens. A bebida se encarregou do resto.

Ficou na dúvida se continuava a ler tudo aquilo. Percebeu que pouco importava se já não tinha tantos anos pela frente. O que alimenta a vida não é apenas desejo, mas ilusões e esperança.

Pegou linha e agulha e se concentrou num trabalho em ponto cruz.

VARIAÇÕES SOBRE UM MESMO ENCONTRO

I

O QUE SE PRESSENTE

Chegou como quem não chega, meio de lado, procurando a moça da foto. Não a reconheceu. Era mais baixa e mais apagadinha do que imaginara. Não se comoveu. Tirou a moça dos sonhos e tratou de ir direto ao assunto, que era coisa trivial, um trabalho qualquer. Depois, jogaram conversa na mesa como um baralho de cartas. Desviraram sonhos, dúvidas, e esperas. Uma urdidura de trama.

Pouco se espera do que não se sabe, muito se teme do que se pressente. Ele já temia. Ela vinha um pouco atrás.

Foram impelidos um ao outro ao toque de três compassos, e juntos se dissolveram em langor e extravagâncias.

Ele atribuiu seu impulso a resquícios de um desejo com o qual dialogara durante toda vida. Coisa de macho.

Ela deslizou na sensação do encontro e não lhe coube pensamento algum. Quem sabe contou até mil...

II

O QUE SILENCIA

"Não entendo esta minha necessidade de você," dissera ele, "tenho tanta harmonia em casa!"

Ela não disse nada, mas sentiu a estocada; a vida dele a ele pertencia. E como permanecesse calada, ele continuou a lhe fazer carinhos e a remexer frases que procuravam mantê-la à distância, transparente, semi-morta.

Quando os dois se conheceram, a vida já ia adiante, mas nenhum deles estava em fase de acertos ou de passos miúdos. Ela deixou que ele entrasse em sua casa, em sua cama, em seu sorriso.

Ele era casado. Era alto e gostava de inverno. Tivera várias namoradas ao longo do seu casamento. Sabia tudo sobre peixes. Ela se angustiava com vento, era quieta e ligeiramente sardenta. Dormia tarde. Adorava cinema e talvez tocasse clarinete.

A história dos dois, sem testemunhas, já enredava a necessidade um do outro. Dois anos. Estendiam intimidades e afagos. Ele se assustava. Queria manter sua vida sem mudanças, sem ameaças, mas não conseguia ficar longe dela.

Ela não questionava, nem pensava à frente. Abria a porta para a alegria dele, ficava à espreita dos tormentos dele. Nas paredes, várias fotos alinhavando os bons momentos.

No dia em que ele se referiu à harmonia em que vivia em casa, ela deixou que ele se fosse sem qualquer pergunta. Duvidou da possível verdade, se turvou com a provável mentira. Aguou as plantas e alimentou os cachorros. Não percebeu o toque do telefone. Por uma semana, o telefone tocou repetidas vezes, mas ela não percebeu.

III

O QUE NÃO SE ESQUECE

Ainda que ficasse muito, muito velhinha, ela jamais esqueceria aquela cena: ele atento ao toque breve da buzina, deixando de molhar as plantas, largando a torneira aberta, e correndo ao seu encontro.

Ela, motor desligado, acompanhando a chegada pelo retrovisor, e agradecendo a quem-quer-que-fosse

por aqueles braços, aquela boca, aquele olhar,
e aquela corrida que era mesmo uma celebração.

IV

CRAVELHAS

Uma noite mal dormida às vésperas de cada encontro. A espera. O frango, as alcachofras, um pão italiano, a varanda. O medo. Um facão cortando o mato, um sabonete cheiroso, a cachaça brindando o desejo, um gargalhar de alegria, um olhar. A culpa.

A rede estendida, a música, o canto dos passarinhos, um relógio acelerado, a troca de confidências, ouvidos atentos, a busca. A rocha.

Anos que não se somam, um cansaço que conforta, a certeza que consente, querido, querida. A bruma.

Epifania

Não temos os mesmos filhos, não sofremos as mesmas renúncias, e nem mesmo aquele bule de chá com o bico trincado verte uma história comum.

Não poderei lhe entregar os desconfortos da minha juventude ou o meu primeiro susto; não escolheremos juntos a cor da casa, o nome do cachorro, o tom da vida, não esticarei os seus lençóis; mas sairei à cata de seus desalentos, e pisarei sobre sua sombra como um gato de rua que se vê satisfeito.

Seremos um à distância. E ainda que não olhemos a mesma chuva, nem embalemos os mesmos netos, ainda que nossas lembranças venham de outras memórias, ainda assim seremos um, envoltos no mesmo mistério e entregues ao mesmo sorriso.

Zefa

Não faço a mínima ideia do motivo de ela ter vindo em minha direção, ganindo e chorando do lado de lá do alambrado, como se eu fosse sua dona. Feia de doer. Acompanhou-me por dois quilômetros, atravessando bambus, equilibrando-se em trechos estreitos para não cair na estrada lá embaixo. No começo pensei que tivesse sarna. Depois vi que era um rajado do pelo, um amarelado mal distribuído, no meio de preto e cinza. Pernas muito finas e compridas, focinho fino, orelhas caídas e curtas, devia ter uns quatro meses. Não me perdeu de vista um minuto, e eu sem saber o que fazer com aquilo.

Quando chegou ao portão do condomínio, virei de costas. Já tinha três cachorros, não queria me transformar numa mulher maluca, que fica recolhendo cachorros por onde passa. Mas ela conseguiu se espremer por debaixo da cerca e veio correndo até mim. Não vi. Só percebi que ela tinha entrado, quando começou a puxar minha camiseta com os dentes, delicadamente. Ainda chorava. Não resisti.

Foi me acompanhando aos pulos, totalmente decidida. Abri o portão de casa e ela entrou como se fosse dela. Nenhum estranhamento com os outros, senhora de si. Meu breve desejo de tentar passá-la pra frente se foi.

Desde o começo, ela dormia sob a minha janela, prestava atenção em tudo, guardava a casa mais do que qualquer um, não tirava os olhos de mim. Passou a caminhar comigo. Sua feiúra já não era tão feia. Tinha cara de Zefa.

Depois de alguns dias, chamei o veterinário para as vacinas, mas antes mesmo que ele viesse notei que havia alguma coisa errada. Os olhos da Zefa acordavam remelentos. Ela continuava esperta, comendo, contente, caminhando comigo, mas os olhos insistiam em acordar remelentos. Fiquei inquieta.

Em vez de vacinas, o veterinário trouxe remédios. Examinou e não conseguiu descobrir o que era. Fez um tratamento de amplo espectro. Ela tinha febre mas nem demonstrava.

Demorou mais um tanto pra Zefa desanimar. Os remédios não surtiram efeito e ela começou a ficar com jeito triste. Amorosa mas triste. Eu, que nem queria a cachorra, nem pensar em ficar sem ela. Chamei o veterinário e pedi que a levasse, pusesse no soro, tentasse o que fosse. Nem tive coragem de me despedir.

Com poucos dias veio o telefonema. Um enigma sem solução, não houve jeito. Fiquei com uma dor latejando no peito. Três semanas de convivência, só três semanas, e aquele amor todo.

FALTA DELE

Minha mãe abriu a porta e me percebeu quieta e cansada. Já gostei mais das minhas sextas-feiras, quando comia alcachofra, as folhas molhadas no azeite.

FOGO QUE NÃO SE APAGA

Foi então que começou a ver os vagalumes voando em torno da casa. Milhares deles, em meio às árvores. Subiam e desciam descrevendo curvas, alguns batiam contra os vidros da sala.

Faltavam 27 carreiras para terminar o tricô.

Olhou para alguém que já estava sentado à sua mesa e desejou que não estivesse. Talvez fosse apenas uma sombra. Lembrou-se do amigo que lhe abrira o vinho e que queria se deitar em sua cama. Não o convidou.

Era um tempo de chuvas quentes e nuvens baixas.

E por ainda ter brilho nos olhos e o coração atormentado, começou a cardar pensamentos, que se enrodilhavam a seus pés como aconchego de gato.

Cismou que talvez fosse hora de recolher os afetos que lhe escorriam há tantos anos e levá-los à porta de alguma igreja. Ou então, deixá-los junto ao curral das vacas prenhas, para aquecer-lhes os mugidos umedecidos da manhã.

Nunca mais, nunca mais, nunca mais! Quero mais, quero mais, quero mais!

Colocar o botão pra dentro da casa, dar mais uma laçada na agulha, o sapo que vinha sempre à porta, o fogo que não se apaga.

Levantou-se pouco antes de ouvir o sino à porta, o corpo se dizendo jovem, as coxas se mostrando sábias e sem pressa.

Dois travesseiros na cama, um retrato que não envelhece, um sonho suspenso qual roupa que nunca seca.

Abriu a porta e, com os braços ao longo do corpo, adentrou a escuridão.

PELO SINAL

Meu homem deixou de fazer o sinal da cruz. Disse que não tinha sentido. Não acreditava em Deus, nem na existência das almas. Passou batido. Não parei para pensar. Não sou de reza, mas tenho minhas crendices.

Semanas depois acordei com a recusa do gesto me rondando a manhã. Talvez o sinal da cruz não tivesse apenas a lembrança de Deus; talvez fosse um gesto de humildade perante o universo. Nada consciente. Quase insidioso.

Pedi a ele que voltasse a se persignar. O sinal da cruz vem com o silêncio, um respiro para que a pessoa não seja engolida pela vaidade, pela arrogância.

Meu homem não é arrogante, e sua vaidade é coisa pouca, bolinhos de chuva. É um homem bom. Não quero que se esqueça disto.

OS PINGUINS

No terceiro dia eles viram os pinguins. Mortos. Vinte e cinco pinguins mortos ao longo de oito quilômetros de praia. Três dias de frio, chuva e vento, mar encapelado, e eles tentando fazer o possível naquele cenário de desolação.

Ela foi ao encontro dele numa fantasia de possibilidades: roupas e calçados para caminhadas, pulôveres, impermeável, meias grossas e finas, e três vestidos para o final do dia. Não usou nenhum.

Quando chegaram ao carro, depois de um voo atrasado e um beijo esquivo, viu o tubinho de ensaio do tamanho de um dedo mínimo em cima do banco. Delicadeza em forma de vaso para um galho de jasmim cheiroso. Foi cheirando o jasmim até chegar à casa dele. Ao ir embora, lamentou tê-lo esquecido em cima da mesa. As flores já tinham caído, mas ela o teria levado mesmo assim.

No primeiro dia ela ainda parecia feliz nas fotos.

O encontro foi uma curta sequência de dias e desejos nublados. Um jantar com amigos, os gestos dele esvaziados num silêncio tênue, ela caminhando na penumbra, perdendo a intimidade, o toque, o visgo. E aconteceram os pinguins. Uma praia deserta e fria, pontilhada de pinguins mortos.

Chorou no balcão da companhia ao ver o voo de volta cancelado por causa do vento. Foi para um hotel sem querer ligar pra ele, desentendida da sorte e do rumo. Telefonou para o filho. Não jantou.

No dia seguinte, ao voar de volta para casa, havia sol. Na mala, um ramo de folhas de canela escondido por ele.

NO TOM DA VOZ

Nas poucas vezes em que se lembrava dela,
a primeira coisa que lhe vinha à cabeça era a voz.
O tom da voz. Ancorara na voz dela desde menino,
e pensava que fora assim que descobrira o amor.
Numa voz.

No passar dos anos era com aquele som que intuía
sua presença. O calor do tom lhe flechava a nuca antes
mesmo de chegar aos seus ouvidos.

Desconfiava que ela não se lembrava dele.
Nas raras vezes em que se cruzavam, só ele a via,
ela olhava através. Ele se amornava no encantamento
e se quedava de esguelha.

E foi assim que incorporou o gesto dela de morder
os lábios, a quantidade de açúcar que punha no café,
a maneira nervosa de olhar pro relógio, e certo
desconforto por lembranças fatais.

Sentou-se ao lado dela em acaso de bar, e durante
hora e meia ouviu-a em conversa com a amiga.
Soube que tinha filhos e um cachorro arrepiado.
Ouviu-a falar de livros e de uma viagem fracassada.
Embalou-se na voz.

Naqueles mais de quarenta anos, a lembrança dela pontuou suas pausas, enquanto ele estendia a mão para outras mulheres. Montou casas, teve filhos, percorreu países, brindou com amigos. Poucos lamentos.

Foi na mesa do bar que a sombra dela passou a ser cisma e talvez. Teve vontade de fazer perguntas, mas não se aproximou. Viu-a pagando a conta e se levantando. Notou que seus pés pequenos tinham um ar cansado. E por senti-la intensa e diminuta, lhe veio o primeiro medo e mais outro. Mas ele não percebeu.

Tomou um último gole, enquanto ela se afastava.

Passaram-se meses antes que ele ensaiasse ir ao seu encontro. E outro tanto até que tentasse uma segunda vez, e uma terceira. Medo e desejo seguiam em parelha.

Por muito tempo buscou-a apenas pelo telefone em conversas intermináveis, mas aos poucos a voz dela foi se esvaindo, até que soou tão distante que ficou difícil entendê-la. O corpo dele reclamou a volta da cantiga.

E por estar navegando em águas caudalosas, arrogou-se uma placidez que não sentia na decisão de seu destino. Trouxe a voz para dentro de si e o cachorro pro quintal. Durante algum tempo acreditou que seria assim. Sem perguntas, sem suspiros nos intervalos, sem enroscos. Depois, viu-a retomando a voz, dissolvendo-se pelas sombras, mas não quis ouvir o que ela dizia, nem lhe estendeu a cadeira. Que se fosse. E ela se foi.

Sobraram-lhe muitas fotos, passadas largas, e um alheamento que não lhe trouxe agonia.

Sem compostura

Depois daquele acidente em que perdeu as três costelas, seu coração ficou desprotegido; batia de encontro ao meu seio, junto ao meu ombro, sobre o meu ventre. Eu estendia minha mão em concha, e acolhia aquele animal desembestado, refém daquele pulsar de amor que me encantava.

JOGO DE AMARELINHA

Entrei no carro já me faltando ar, desesperado para entrar no meio daquelas coxas. E com medo. Sempre tenho medo de que ela me vire o rosto. Cinco anos neste vai-e-vem. Mas ela me abre os braços e um sorriso, e mente que sou bonito.

Ele disse que vem. Que não é para eu cozinhar, nem preparar nada, que vai trazer o de comer. Tenho medo. Fico feliz mas tenho medo. Cinco anos neste vai-e-vem. Quanto melhor, pior, mais falta ele me faz.

Não ligo pro que ele me diz; cozinho de véspera pra sobrar mais tempo com ele entre as minhas pernas. "Se pudesse, ficaria com você hoje, ontem, e amanhã", é o que ele me diz.

Faço hora pra ir até lá. Invento coisas. Ganho e perco tempo. Gosto dela e gosto daquela casa. Sinto-me em paz naquele verde. Quando me encontro com ela fora dali, o conforto não é o mesmo. Mas o sorriso dela não muda.

Ando pela casa endireitando porta-retratos. Ele não chega, está atrasado. Abro todas as janelas, a porta da varanda, o sol se estende até o sofá. Manhã de casa dourada.

Ele não chega nem telefona. Sei que vem, mas queria que nem tivesse ido. De banho tomado, me sento pra trabalhar. Três meses de espera. Agora, nem mais um minuto. Trabalho pra não pensar.

Compro umas ameixas, o jornal, e vou. Minha falta de pressa me corrói. Faz parte das minhas mentiras. Tropeço é pra não correr. Tudo o que quero é correr, e que ela me abrace em silêncio.

Ontem passeei com os cachorros, comecei um livro novo, ouvi música que me desse alegria. Quando passei creme no corpo, me vieram as mãos dele.

Ela abre o portão e me beija feliz.

Não vejo o carro chegando, só ouço o sino. Vou segurando os passos, segurando a espera, quase na preguiça. Abro o portão e nem vejo o rosto. Só beijo. Beijo por todo canto, beijo muito, beijo lento.

Descemos pra sala sem tempo de olhar. Mãos que sobem e descem, bocas, cheiros, gostos. Ele vai embora dentro de poucas horas, mas isto eu ainda não sei. Por enquanto sou dona do mundo, senhora da minha cama.

Descemos pra sala com andar de bêbados. Não digo a que vim, nem quando vou, só quero ficar plasmado naquela bunda, naquele corpo, entrar dentro dela e parar o mundo, me estender um pouco além.

Voltar a ser jovem, me esquecer da morte. Ela vai se machucar daqui a pouco, mas ainda espero que não.

No dia em que quase caiu da canoa, com medo de me perder, ele me amava. Hoje não sei. No dia em que me ligou de madrugada, de algum país da África, ele também me amava. E naquele retrato da cômoda.

Ela guarda as minhas botas logo na entrada. "Pra que saibam que nesta casa tem um homem", foi o que disse. Eu estou e não estou. Marinheiro ancorado no porto já com o olhar na partida. Sou sempre assim, por todo canto.

Quando vejo a tristeza dela, é a raiva contra mim mesmo que descarrego na fala. De me sentir dividido. Considero depois. Medo de soltar as amarras e de ver no que vai dar. Acho que raiva de mim ela nunca teve.

Foi embora em menos de quatro horas. Eu ainda sonolenta, e ele de pé, enfiando a calça. Passei de mulher desejada a puta rampeira de beira de estrada. Céu e inferno. Devo estar exagerando, mas foi assim que me senti. Uma rapidinha. Me esqueci de nós dois conversando no almoço, do calor do colo dele, dos passos que deu pela casa, nós dois nus na frente do espelho. Rindo. Eu pensando em tirar uma foto.

Não digo a ela por que tenho que ir. E ela não pergunta. Nunca pergunta. Só quer que eu fique, sei disto. E eu me vou. Arrasto aquela tristeza por boa parte do caminho. Depois fico meio ao contrário, empurrando pensamento pra longe, querendo uma pinga e charuto. Com certo tempo, ela me faz falta. Muita falta.

Achei que deveria ter jogado uma pedra, quebrado o vidro do carro, gritado feito alucinada. Fiz nada disso. Só olhei pra distância dele, com o vestido posto ao contrário.

ESTAS MAL TRAÇADAS LINHAS

Nosso limoeiro está coberto de flores. A pitangueira também. Coisa mais linda! Molhei tudo ontem ao final do dia. Há semanas não chove. Há semanas molho tudo. Ando quieta, absurdamente quieta. Arranco o mato com a enxada para alargar pensamento. Quando você se der conta, eu já fui.

Faz frio e venta muito. O chão está forrado de folhas. Bonito. Mas o vento me traz angústia.

Às vezes acendo a lareira só pelo cheiro da lenha. Faço a mesma coisa com o cigarro, eu que nem sei fumar. Só pelo cheiro e pelas boas lembranças. As pilhas de livro crescem ao lado da minha cama.

Fui uma adolescente tímida. Contestadora e tímida. Parecem qualidades antagônicas, mas eu era assim. Chorava à mesa do jantar sem que soubesse o motivo. Pros outros devia ser uma chatice. No resto do tempo eu lia. Tinha um estranhamento da vida. Saudades do meu avô, que me mimava. Não sei por que esta história de relembrar o passado agora.

Um sabiá está remexendo as folhas secas, um pica-pau cutuca o tronco do angico. Meus cachorros tomam sol comigo. Tiro a roupa aos poucos, até me esquentar. Sol de inverno é de calor carinhoso.

Minha mãe está recolhida nos tormentos da depressão. Não é de hoje, sempre foi assim. Agora está pior. De vez em quando desperta, ouve música, vai às compras, e acha o mundo divertido. Depois volta pras sombras. Como vem, vai.

Pensei que o pé de lichia fosse continuar estéril pela terceira vez, mas entrou em exuberância de festa. Cheguei a considerar a possibilidade de umas pauladas. Ouvi isto em algum lugar. Tem gente que lanha o tronco da mangueira com facão. Depois diz que a manga saiu mais doce.

Há muito que as coisas por aqui não saem do lugar. Onde ponho, ficam. Parte do meu desassossego vem daí.

Os vagalumes estão voltando. Apago as luzes da casa e fico vendo aqueles fachos subindo e descendo. Não penso em nada. De quebra, um filete de lua lindo como a água. Agradeço.

Mudei o hibisco havaiano de lugar só para ver se ele se entusiasma. Por enquanto está num desânimo de fazer dó, soltando as folhas.

Meu filho mais novo está com o pé na estrada. Meu filho mais velho olha o mundo de esguelha.

Minha menina tem uma veia que pulsa no meio da testa. Caminho entre os três sem muito alarde. É a vez deles. Vislumbro um conforto em acordar velhinha, rezando o terço num arrastar de chinelos. Ainda não. Os desejos me assaltam, caminho à margem de.

Muito do que eu conto aqui você já sabe. Bobagem de quem sente falta. Beijo em foto de morto. E você nem morto está. Vem e vai na minha cabeça, um bilboquê que eu não domino.

Tem um lagarto morando debaixo do *deck*, tamanho de lagartixa, mas é preto.

Aqui tem tatu, gambá, caxinguelê, ouriço. Você ainda não viu nada disso. Mentira, alguns você já viu, mas muito de passagem, sem lerdeza de varanda espichada. De vez em quando os ouriços aparecem e os cachorros vão atrás. Já tive cachorro com espeto de ouriço até no céu da boca.

Um amigo que pontuou a minha vida teve morte repentina há poucos dias. Era testemunha do meu percurso, um olho mágico. Lembro mais dele agora do que quando estava vivo. Em meio à perplexidade, outro amigo me confessou ter saudade do futuro. Entendi o que ele disse. Os dias contados ao contrário.

Eu nunca tinha visto uma gralha. Agora já sei o que é porque um casal delas andou pousando atrás de casa. Vejo gavião, coruja, alma-de-gato, jacu, beija-flor, sabiá, e vi um sanhaço morto, caído no começo da escada. Quase não sei o nome dos pássaros, só de alguns. E teve a coruja que desceu pela lareira e ficou me encarando tarde toda, de cima da viga. Coruja pra uns é sorte, pra mim não sei.

As queimadas aqui à volta são muitas e extensas. Depois, por vários dias, nossa varanda fica salpicada de cinzas, trazidas aos poucos pelo vento. Basta o movimento da vassoura para elas rodopiarem e mudarem de lugar. Nunca vi nada tão leve, nem tão impalpável.

Tem noites em que tomo remédio pra dormir. Às vezes tenho um sono preguiçoso, faz que vem, mas não vem. Meus olhos continuam arregalados mesmo depois de fechados.

Os lagos estão muito baixos. O chafariz ficou ridículo com aquele caninho de plástico pra fora d'água. Mesmo assim, ainda faz o meu arco-íris. Fico pra lá e pra cá só pra ver as cores se formando. Coisa de criança.

Sinto muita falta do seu olhar. Ele me aquece e me alça acima das dúvidas e do medo. É assim que é, mesmo que pareça imagem desgastada. Seu olhar de ternura me ancora na terra; nem sinto o tempo passar.

Sempre me perguntam se não tenho medo de morar aqui. Não tenho. No dia que tiver, deixa de prestar. Volto para esta casa como se alguém estivesse me esperando, casa mansa e generosa. Em lua cheia, ela se enche de luz azulada. E do silêncio da lua. Fica tudo imóvel. Eu me acomodo.

Não quero que me tirem daqui nem quando estiver confundindo as letras. Não quero que me impeçam de fazer o que sempre fiz.

Hoje o céu está o mais azul de muitos.

Uso seu pulôver todas as noites. Faço que vou, mas espero.

TÍTULO Bilhete Seco
AUTORA Elisa Nazarian
CAPA E DESIGN Eunice Liu
TIPOGRAFIA Minion
FORMATO 14x21 cm
PÁGINAS 112
PAPEL markatto stile bianco 120g/m²
IMPRESSÃO Lis gráfica
TIRAGEM 1.000

foto Cláudia Gelpi

ELISA NAZARIAN

É escritora, tradutora, e preparadora de texto.
Tem três filhos, quatro cachorros,
borda e faz tricô razoavelmente,
e há sete anos mora no Téquinfim
manejando enxada, pá, rastelo e tesourão.
De vez em quando tem que
espantar alguma coruja da sala.
Também pela Ateliê lançou um romance
***Resposta** e um livro de poesias **Feito Eu**.*